BE MY
BALLANTINE'S

Lara Beli
Jadine Tyne

Primera edición: febrero de 2018.

Diseño de la cubierta: Lara Beli

Para Sabela, Lara y Leo.

BE MY BALLANTINE'S

(El cazador cazado)

Jadine Tyne

El amor es intensidad y por esto es una distensión del tiempo: estira los minutos y los alarga como siglos.

— **Octavio Paz**

Era una noche preciosa. Allí estaba ella. Con su melena media, espalda al descubierto, vestido largo y negro,... Esa era mi presa. Una noche de amor y promesas que no pensaba cumplir. Una noche para disfrutar de un cuerpo joven que calentaría mi cama.

Me acerqué a ella con mi mejor sonrisa y le entregué una copa de Ballantine's. Se dio la vuelta. Unos ojos grandes y azules me miraron y unos labios jugosos me hablaron. "Gracias"—, me dijo. Y nos quedamos unos segundos sin hablar.

"Me llamo Alberto"—, le dije, extendiendo mi mano para saludarla. Ella me la estrechó y quise atraerla a mí pero me contuve. Su mano era blanca, suave y delicada.

La luna llena era la única luz encendida de la terraza. La noche sin ruidos y sin brisa era perfecta para crear el ambiente íntimo necesario. El clima era cálido y acogedor, una buena temperatura para ser agosto.

Ella tenía una sonrisa perfecta y una risa maravillosa. Estábamos empezando nuestra segunda copa de whisky. Ya le había soltado todas mis frases, menos la última. Todavía no quería llevarla al hotel aunque ella ya parecía dispuesta. Prefería disfrutar más de sus ojos de mar, de su boca de fresa, de su cuello listo para ser besado, de sus pechos que caben en las manos, de sus caderas,...

Ella me estaba contando una historia. Su voz era dulce, bien timbrada, decía todas las sílabas y hacía pausas. "Y lo que parecía un lobo se descubrió que en realidad era una oveja". Estallé en una carcajada. La historia era muy buena. Ella, además de guapa y con estudios, tenía conversación. Era diferente a las demás. ¿Cómo sería por la mañana? Seguro que igual de preciosa y encantadora.

Se produjo un silencio. Los dos sonreíamos. Sin poder contenerme le pasé una mano por la cintura y la atraje hacia mí. Ella no opuso resistencia. Nos miramos a los ojos. Nuestros corazones latían rápido. Le cogí la barbilla y acerqué mis labios a sus labios. Nos dimos unos besos cortos. Sus brazos rodearon mi cuello mientras los míos la estrechaban contra mí. Nuestras bocas se entreabrieron e introduje mi lengua en su boca cálida y acogedora. Su lengua vino a mi encuentro y el mundo desapareció por completo.

Han pasado 10 años desde aquel encuentro y estoy en el mismo lugar, escuchando a la misma mujer contándome una historia. "... Y ese es el cuento del cazador cazado".

NO QUEDAN PEONÍAS

Lara Beli

El amor es una maravillosa flor, pero es necesario tener el valor de ir a buscarla al borde de un horrible precipicio.
— **Stendhal**

—Buenos días, señor Miralles. Es usted el primero en llegar, como siempre.

Correspondo al saludo de Mario, el vigilante de noche, con un movimiento de cabeza. Ha terminado su jornada y se marcha antes de que la ciudad comience a desperezarse y despertar. Cuando las últimas farolas se apaguen yo llevaré ya un rato trabajando y volverán a estar encendidas muchas horas después, cuando me vaya a casa. Para entonces, Mario estará otra vez en su puesto y me despedirá con su voz tranquila:

—Buenas noches, señor Miralles. Que descanse.

A veces creo que Mario me mira como si le preocupase el hecho de que yo trabaje un montón de horas; tantas que ni siquiera conozco al vigilante de día porque todavía no ha llegado cuando yo entro y ya se ha marchado cuando salgo. Sí, a veces Mario me mira con lástima.

Entró en mi despacho y las luces se encienden a la vez. Si alguien levanta la mirada desde la calle podrá ver mi ventana brillando como una enorme y solitaria bola de navidad. Es un despacho estupendo. Me costó siglos conseguirlo y sólo lo hice cuando me ascendieron a director financiero. Es uno de esos despachos donde el prestigio parece rezumar de las paredes, con una enorme mesa tras la que uno puede sentirse un rey medieval y unas vistas exclusivas sobre la ciudad y el puerto, aunque lo cierto es que rara vez tengo tiempo de levantar los ojos de mi ordenador para contemplarlas. Por supuesto, el despacho venía también con una secretaria propia: Laura. Una chica callada y con un gusto pésimo para vestir, pero muy eficiente.

Trabajo un par de horas en soledad, iluminado únicamente por la luz tenue de la pantalla, hasta que a las ocho en punto la oficina cobra vida y la gente va comenzando a llegar. Laura entra en mi despacho a las ocho y cinco, con mi café americano habitual y la agenda del día.

Le echo un breve vistazo y llego a la conclusión de que hoy tiene unas pintas más extrañas de lo habitual, que ya es decir. Lleva una chaqueta de lana amarilla que la hace parecer un pollito y un collar de perlas gruesas que parece sacado del joyero de María Antonieta. También se ha pintado los labios de rosa o mejor dicho, lo ha intentado, porque veo que lleva manchas de carmín en los dientes.

—Buenos días— saludo echándome hacia atrás en mi sillón.

—Buenos días, Pedro. —Laura jamás me ha llamado señor Miralles en el tiempo que lleva trabajando conmigo, sino Pedro a secas. Conozco a muchos directivos que prefieren un trato más distante pero la verdad a mí me da igual. Con que mi secretaria sea eficiente y Laura lo es, y mucho, me basta.

—Veamos…Junta de accionistas a las once. Por la tarde tienes una reunión con los del fondo de inversión y he visto que por la noche has quedado para cenar con Recio…

Se detiene insegura y me mira por algún motivo que se me escapa, como si el hecho de cenar esta noche con Recio, el director comercial, fuese algo extraño y fuera de lo común, cuando lo cierto es que suelo hacerlo al menos una vez al mes. El tío es viudo, tiene más de sesenta años y le queda un telediario para jubilarse. Es tremendamente pelmazo, una de esas personas que hablan y hablan en un tono de voz soporífero hasta que tienes que acabar pellizcándote para no dar una cabezada. Por algún extraño motivo, le caigo bien. Le gusta que yo entienda de vinos y que escuche con una sonrisa sus largas peroratas sobre fútbol y toros. De vez en cuando suelta algún buen consejo sobre gestión empresarial y ése es el principal motivo por el que sigo quedando con él.

—Claro. Lo pone ahí, ¿no?- señalo su agenda.

—Sí, sí...

—Pues si lo pone ahí, no hay nada más que hablar. Encárgate de reservar en el sitio de siempre.

Le hago un gesto para que se marche y ella desaparece por el pasillo, trotando sobre unos zapatos planos y puntiagudos con pinta de incómodos. Laura siempre hace demasiado ruido al andar aunque no lleve tacones, como si se tropezase con sus propios pies. Es un misterio.

La mañana transcurre con normalidad. Bueno, casi.

Hoy hay algo raro en el ambiente que se me escapa, como si un virus flotase por ahí e hiciese que la gente se comportase de forma excéntrica. Lo noto en pequeños detalles, como las voces demasiado estridentes del grupo que se reúne frente a la máquina de café, los cuchicheos, las carcajadas histriónicas y , sobre todo, en un enorme oso de peluche que veo sobre la mesa de Mamen, la directora de marketing y que nadie, salvo yo, parece encontrar fuera de lugar. Me quedo un rato mirándolo desde la puerta sin saber que pensar. Lleva un lazo rojo en el cuello y está sentado en la silla de las visitas, como si estuviese a punto de discutir con su dueña sobre negocios importantes. Siempre supe que Mamen estaba mal de la cabeza, pero nunca sospeché hasta qué punto.

Un poco antes de mediodía Andrés Hidalgo, uno de los contables, entra en mi despacho desprendiendo un fuerte olor a uno de esos perfumes cítricos que tanto le gustan y que hacen que parezca que se hubiera tragado un saco de limones.

—Has estado genial en la Junta—me halaga—. Los has dejado de piedra con tu análisis del plan estratégico para el nuevo año.

No le hago mucho caso. Últimamente ha cogido la costumbre de hacerme la pelota.

—¿Has visto el oso de peluche de Mamen?—le pregunto—. ¿No es ya un poco mayorcita para jugar con muñecos?

—Se lo ha regalado su nuevo novio.

—Ah ¿sí? ¿Y por qué? Su cumpleaños fue la semana pasada—digo recordando con un estremecimiento la tarta de avena baja en calorías que trajo para repartir en la oficina.

Andrés se queda mirándome y por un momento veo en sus ojos la misma expresión de lástima que en los de Mario cuando llego a la oficina demasiado pronto.

—No sabes qué día es hoy, ¿verdad, Pedro?

—Miércoles—digo consultando el calendario.
—Hoy es San Valentín. ¿Por qué si no crees que el mensajero ha estado entrando y saliendo toda la mañana con ramos de flores y cajas de bombones?

Estoy a punto de decirle que no me he dado cuenta de

las idas y venidas del mensajero porque he estado demasiado ocupado trabajando ¿Es que acaso soy el único que trabaja aquí?; pero en ese momento me acuerdo de las peonías. Mi cara de pánico debe ser tal que a Andrés se le borra de golpe la expresión de sabihondo.

—Espero que te hayas acordado de comprarle algo a tu mujer—me dice irónico antes de salir de mi despacho—. La mía se pone frenética si me olvido.

Le veo marcharse mientras trato de pensar rápidamente en una solución para el problema de las peonías. Desde que Elsa y yo nos casamos en todos los aniversarios, cumpleaños y por supuesto en San Valentín me pide un ramo de peonías. Y no peonías comunes, sino peonías *rockii*, una variedad originaria del Tíbet, muy exclusiva y mucho más difícil de encontrar. Un año intenté sustituirlas por un ramo de rosas blancas y se enfadó mucho, a pesar de que en mi opinión las dos flores son muy parecidas. «Parecidas, pero no iguales» me dijo de morros y creo que ahí reside el quid de la cuestión. A Elsa siempre le ha gustado ese toque de distinción, ese diferenciarse de los demás; nada demasiado ostentoso pero sí lo suficiente para no pasar desapercibida.

Por supuesto, junto con el correspondiente ramo de

peonías, siempre le regalo algo más "sólido". Un año un collar de Cartier. Otro, un anillo con un diamante tan gordo como un melocotón, un bolso de Hermès para su último cumpleaños. Además, siempre encargo las peonías por adelantado, para evitarme sorpresas desagradables. Este año he estado tan absorbido con el trabajo que me he olvidado completamente.

La parte material es fácil de solucionar. Llamo a Chopard y reservo el par de pendientes de dieciocho quilates con forma de lágrima de los que Elsa se enamoró la última vez que pasamos frente a su escaparate. Después aviso por el intercomunicador a Laura, que se presenta con un lápiz detrás de la oreja y cara de despiste.

—Necesito un ramo de peonías de la variedad *rockii*—le digo—. Llama a las floristerías y consíguemelo para esta noche.

Asiente en silencio, con una ceja un poco alzada, y de repente entiendo sus dudas de esta mañana cuando repasábamos mi agenda y se extrañó al ver que iba a cenar esta noche con Jesús Recio.

—Cancela la cena con Recio—le digo—y reserva para dos esta noche en *Le Cinq*. Hoy ceno con mi mujer.

—Muy bien.

—Hoy es San Valentín—añado.

—Ya lo sé.

—¿Por qué no me lo has dicho antes?

Se queda mirándome con el ceño fruncido y después señala el calendario de mi mesa. — Lo pone ahí, ¿no? 14 de febrero, San Valentín. Si lo pone ahí, no hay nada más que hablar.

Me ha devuelto la pulla que le lancé esta mañana, algo que muy pocas veces suele hacer, y me sorprendo a mi mismo riendo entre dientes mientras ella sale de mi despacho. Su salida de tono me ha resultado graciosa, como un gatito revolviéndose y enseñando unas uñas diminutas.

Me quedo un rato más sentado ante la pantalla, tratando de concentrarme. Sin embargo, estoy distraído y mi cabeza vuelve una y otra vez a Elsa.

Llevamos dieciséis años casados. Elsa es una mujer espectacular: es educada, discreta y muy culta. También es preciosa, una de esas rubias pálidas y espigadas que parecen sacadas de una leyenda nórdica. Cuando la conocí solía quedarme mirándola durante horas, observando su piel inmaculada y sus andares de reina de las nieves y me sentía torpe y tosco a su lado, como si fuese demasiado ruidoso y terrenal para alguien tan etéreo. Con el paso de los años esa sensación no ha hecho más que aumentar. Elsa sigue siendo volátil y silenciosa, vive encerrada en su mundo de encajes, novelitas románticas y baños de espuma en el que en raras ocasiones me deja entrar. A veces, me da la sensación de que caminamos por la vida a la par pero no juntos, con hombros que nunca llegan a tocarse y pasos que, a pesar de que teóricamente avanzan en la misma dirección, nunca llegan a estar del todo acompasados.

Mi madre siempre estuvo convencida de que Elsa, con su clase, su saber estar y el dinero que venía de su familia, sería la esposa ideal para mí. Fue ella quien me la presentó, con la esperanza- que a mí me sonó más bien a orden- de que surgiera la chispa entre nosotros. Mi madre siempre fue muy práctica, al contrario que mi padre, que era relojero y se pasaba los días ensamblando diminutas piezas en su taller, mecido por un tic tac continuo y monótono. Su trabajo le reportaba muy pocos ingresos y creo que mi madre siempre le despreció un poco. Ella también venía de una familia pobre; era una de esas modistas que acudían a domicilio y vislumbraba retazos de las vidas de los poderosos mientras cosía dobladillos y tomaba medidas. Su mayor sueño era que yo lograse pertenecer algún día a ese ambiente. De algún modo inexplicable consiguió introducirme poco a poco, presentándome al hijo de fulanita - que era tímido y tartamudo y estaba muy necesitado de un amigo de su edad-; hablándole de mis dotes para el cálculo a menganito...y así, paso a paso, consiguió que me contratasen de chico para todo en una empresa importante, donde las largas horas de trabajo y mi buena cabeza para los números me han ayudado a ascender. Presentarme a Elsa, la hija menor de la viuda de un general del ejército, fue sólo un paso más en ese camino hacia el éxito que mi madre había trazado para mí con precisión milimétrica.

Nuestro matrimonio ha sido apacible pero siempre ha tenido una cualidad algo borrosa, como un lago en el que puedes mirarte durante horas pero nunca llegas a ver con claridad tu reflejo en el fondo. A veces miro a Elsa y la descubro observándome a su vez, con esos ojos azules que parecen pozos helados e insondables. En esos momentos parece que la temperatura de la habitación baja varios grados pero cuando le pregunto si todo va bien ella siempre contesta que sí, claro, ¿por qué no iba a estarlo?

Otras veces me pregunto cómo será vivir un amor de

esos fogosos, en los que uno parece perderse en la piel del otro, respirar a la vez, embeberse del otro hasta tal punto que el mundo deja de importar. Como Hidalgo, al que se le velan los ojos cuando habla de su mujer y del viaje a solas que van a hacer cuando consigan colocar a los niños con los abuelos. O como Mamen, que lleva todo el día contemplando al oso de peluche con tanta ternura que sólo puedo preguntarme de que modo mirará a su pareja.

Decidido a sacudirme de encima estas tonterías cojo el teléfono para llamar a Elsa. El timbre suena una, dos, tres veces y finalmente salta el contestador, lo cual hace que sienta una extraña sensación, entre la desazón y el alivio. Le dejo un mensaje: «Feliz San Valentín, cariño. Esta noche lo celebraremos como siempre, te espero a las diez en *Le Cinq*» y después intento volver concentrarme en el trabajo. Me cuesta, y cuando por fin lo consigo, Laura entra de nuevo en mi despacho.

—He llamado al ochenta por ciento de las floristerías de la ciudad y a ninguna le quedan peonías rockii—me informa mirándome con reproche.

—Pues llama al veinte por ciento restante— le digo como si fuera una obviedad.

Se marcha gruñendo, seguramente pensando que el conseguirle un ramo de peonías a su jefe no es algo que entre dentro de sus atribuciones y yo vuelvo a desconcentrarme y a pensar en Elsa. La reunión que tengo por la tarde transcurre lentísima y mientras finjo escuchar con interés se me ocurre una idea genial: hoy saldré más temprano de la oficina, me iré a casa y recogeré a Elsa e iremos juntos al restaurante, hablando tranquilamente y demostrándonos a nosotros mismos que un amor tenue y pausado como el nuestro puede ser tan de verdad como el más tórrido de los romances.

Una vez tomada la decisión me siento mucho más contento. Me acerco a la mesa de Laura pero no la veo por ninguna parte así que le dejo una nota recordándole que cuando encuentre las peonías- porque no tengo ninguna duda de que lo hará; ella es así de eficiente- las envíe directamente a *Le Cinq*. Después salgo de la oficina silbando y el vigilante de día me mira ceñudo, lo cual es lógico porque no me conoce. Me pregunto si Mario hará algo especial por San Valentín con su pareja y si le extrañará no verme salir esta noche a horas intempestivas.

Veinte minutos después, tras haber recogido los pendientes en la joyería, enfilo mi coche por el camino principal que lleva a nuestra casa, que parece imponente y extrañamente solitaria bajo la luz amarilla de la tarde. El clima es muy agradable para estar en febrero y me pregunto qué diría Elsa si le propusiera cambiar la cita en el restaurante de lujo por una cena sencilla en el jardín, a la luz de los farolillos. No creo que le gustase demasiado la idea, pero nunca se sabe. Entro en casa gritando su nombre, pero no me contesta. Me parece oír su voz en el piso de arriba, en un tono más agudo de lo habitual, como si estuviese cantando. Creo que nunca la he oído cantar, ni siquiera en la ducha. Quizás lo hace cuando cree que nadie la oye. Antes de abrir la puerta de nuestra habitación me paro un momento y me dibujo una sonrisa en el rostro. Siempre he sido poco expresivo y mientras que para la mayoría de la gente sonreír es un gesto espontáneo, yo tengo que construir mis sonrisas, llevarlas a mi cara de forma consciente cuando sé que es necesario o apropiado. Nunca he dominado el arte de sonreír con naturalidad y del mismo modo que me cuesta fabricar una sonrisa, también me cuesta dejarla ir, así que cuando alguien cuenta algún chiste o anécdota graciosa siempre soy el último en recomponer el gesto y me quedo sonriendo sin darme cuenta un rato más, un poco en plan lunático. Cada uno tiene sus rarezas.

Y eso es lo que Elsa ve desde la cama cuando se vuelve hacia mí- girando mucho el cuello porque está a cuatro patas - mi sonrisa algo torcida que se va desmoronando mientras los miro con incredulidad a ella y a su acompañante.

Elsa grita y también lo hace el hombre que está con ella; el hombre que hasta hace dos minutos ha estado montándola al ritmo de sus gemidos- esos sonidos agudos que escuché desde la planta baja; jamás ha gemido así conmigo- y que ahora da saltitos nervioso alrededor de la cama, como si quisiese huir y no encontrase una salida. Lo reconozco en el acto: es Borja, un vecino de la urbanización que, si la memoria no me falla, no tiene más de veintidós o veintitrés años.

Noto mi rostro descomponiéndose, como un pastel que se desmorona, mientras mi cerebro registra lo que sucede a mi alrededor: el tal Borja, que ha cogido el primer objeto que ha visto sobre la mesilla- la pantalla de la lámpara- y se ha parapetado tras él, sin darse cuenta de que su forma de aro no lo convierte en el escondite más útil del mundo precisamente. No me entretengo demasiado tiempo mirándolo, aunque sí el suficiente como para darme cuenta de que su torso es dorado y plano como el de un dios griego y le brillan gotitas de sudor, del suyo propio y probablemente también del de mi mujer. Ella, por su parte, se ha sentado y se ha cubierto los pechos con una sábana, como si le diese pudor estar desnuda frente a mí. O quizás es que en su particular código de principios existen momentos en los que es intolerable que tu marido te vea desnuda y cuando acabas de estar follándote salvajemente a un chico al que le sacas al menos quince años es uno de ellos.

Elsa y yo nos miramos en silencio. Ella no llora, ni se disculpa, ni dice «no es lo que parece», ni siquiera intenta buscar algún argumento con el que culparme a mí, que es uno de los recursos más manidos cuando a uno le pillan con las manos en la masa. Se limita a mirarme casi con indiferencia y un punto de fastidio, como una gata de angora a la que hubieran interrumpido con un ratón a medio masticar. Mientras tanto, el tal Borja sigue dando vueltas y tartamudeando hasta que se da cuenta de que ni ella ni yo le estamos haciendo el menor caso y sale precipitadamente de la habitación, todavía sujetando la pantalla de la lámpara en un vano intento por ocultar su entrepierna. Cuando pasa a mi lado percibo su olor salado a sudor y a semen mezclado con algo más dulce y almibarado; el olor de Elsa.

Cuando él desaparece ella se mueve por fin. Se levanta poniéndose al mismo tiempo la bata de raso, en un movimiento elegante y furtivo que me recuerda a una pantera y luego camina hasta quedar frente a mí, no demasiado cerca pero sí lo suficiente como para que pueda percibir que tiene las mejillas sonrosadas y una pátina de sudor sobre el labio superior. Y es la primera vez que veo algo parecido al ardor y la pasión en el rostro de mi mujer.

—Me marcho a casa de mi madre—dice—. Mi abogado se pondrá en contacto contigo.

Y eso es todo. Sin escenas, ni gritos, ni reproches. Quizás debí haber reaccionado de otra forma; gritar e insultarla, preguntarle por qué. Sería lo lógico. Sin embargo no lo hago. Me quedo allí paralizado, sentado en la cama deshecha que acaban de abandonar- esa cama que huele a ellos- y al rato oigo el familiar sonido del motor del coche que se aleja. La verdad me golpea como un puñetazo y me doy cuenta, en uno de esos momentos de revelación en los que todo parece encajar, de que el «nosotros» que yo había construido en mi mente para Elsa y para mí nunca fue una realidad palpable, sino una simple voluta de humo que se desvaneció en cuanto tuvo la menor oportunidad.

Un dolor agudo en la mano me devuelve a la realidad y me doy cuenta de que todo este tiempo he estado apretando la caja con los pendientes, tan fuerte que tengo las marcas rojas de las cuatro esquinas clavadas en mi palma. La abro y contemplo las dos pequeñas piedras, frías y plateadas, perfectas en su forma de lágrima. Las lágrimas de Elsa. Es entonces cuando noto un rastro de humedad en mi rostro y al tocarme palpo las mías. Éstas son de verdad.

Media hora después conduzco por una carretera secundaria, sorteando pequeñas granjas y prados salpicados de vacas. Hace tiempo que no voy al lugar al que me dirijo y he tomado esta ruta casi sin darme cuenta, por inercia.

El Retiro Dorado es una residencia para ancianos adinerados, compuesta por apartamentos de lujo que más bien parecen chalets y con personal especializado para atender todas las necesidades de los pacientes. Mi madre se mudó aquí hace dos años, cuando comenzó a olvidar las caras y los nombres y su mente hasta entonces clara y aguda comenzó a verse turbada por nubarrones oscuros que llegaban de repente y la dejaban débil y desorientada.

La recepcionista me saluda sonriente cuando me ve entrar en el edificio principal. Es una chica agradable que hoy lleva el cabello rubio suelto en vez de en un moño y un enorme broche de ganchillo, una rosa, prendida en el uniforme.

—Buenas tardes, señor Miralles. ¡Qué alegría verle por aquí! Pepita se va a poner muy contenta.

—¿Cómo está?

—Estable. Tiene días mejores que otros, ya sabe cómo son estas cosas. Hoy parece que está especialmente lúcida.

La sigo por el coqueto jardín de estilo inglés hasta llegar al apartamento de mi madre, que es exactamente igual que los contiguos salvo por la hilera de macetas llenas de flores que hay en la puerta, lo cual no deja de ser extraño porque que yo sepa a mi madre nunca le han gustado demasiado las flores. Me la encuentro con el periódico abierto ante ella, en la página de los crucigramas. En los años en los que vivimos solos ella y yo, después de la muerte de mi padre y antes de casarme con Elsa, solíamos repartirnos el periódico por las mañanas; yo la sección de negocios y ella los crucigramas que resolvía con precisión matemática mientras se tomaba el café. Ahora las páginas extendidas ante ella están llenas de borrones y letras temblorosas.

—Hijo—me saluda al verme—. ¿Cómo estás?

Me parece más pequeñita que la última vez que la vi, más encogida. Sus ojos están más apagados y en cierto modo parecen más tiernos. Su sonrisa brilla como siempre y me alegro de que esta vez me haya reconocido.

—Estoy bien, mamá.

—¿Has hablado con tu padre?—su tono se vuelve lastimero de repente—. Hace tiempo que no lo veo. Seguro que se le ha olvidado ponerse la camiseta interior. Siempre se olvida y luego se pasa el invierno constipado.

Odio esta enfermedad. Mi padre lleva catorce años muerto. Y que yo recuerde, jamás se olvidó de ponerse la camiseta interior porque obedecer a mi madre fue siempre un hábito muy arraigado en él. Creo que le tenía un poco de miedo.

La tranquilizo con evasivas y la llevo de la mano al jardín, bañado por la luz rojiza del atardecer. Contemplo como se acerca lentamente a una pajarera en forma de casita y mete dentro un puñado de semillas. Inmediatamente una bandada de gorriones surge de la nada y comienzan a disputarse los diminutos granos.

—A mí no me engañas—dice, y de pronto su mirada de vuelve clara y alerta como lo era antes—. A ti te pasa algo.

—Elsa y yo vamos a separarnos-digo mecánicamente.

—¡Ajá!—chasquea la lengua—. Nunca es tarde si la dicha es buena.

Esa frase no tiene sentido, y menos viniendo de mi madre que siempre ha adorado a Elsa. De hecho fue ella la que la introdujo en mi vida, como quien ofrece una cuchara de plata cargada de miel. Me pregunto si el momento de lucidez ha pasado y la niebla ha vuelto de nuevo a velar su cerebro.

—A ti siempre te ha encantado Elsa—le recuerdo por si acaso.

—¡Bah!—me despacha con un gesto de la mano, como si hubiese dicho la mayor tontería del mundo y luego rebusca en los bolsillos de su vestido floreado. Ésta es otra novedad: los vestidos con estampados coloridos y los delantales con puntillas que suele ponerse desde que enfermó y que le dan un aspecto de la abuelita amable que nunca ha sido. Antes, en su otra vida, y sobre todo desde que comenzamos a tener dinero, solía llevar trajes serios y caros, chaquetas oscuras y colores apagados.

Me pone delante de las narices una vieja fotografía amarillenta que nunca había visto antes; un retrato de mis padres muy jóvenes, de pie ante la puerta de la que fue su primera casa, una vivienda humilde de planta baja en el pueblo. Me fijo en los detalles: las cortinas estampadas en las ventanas, las macetas floridas a ambos lados de la puerta, mi madre con el delantal remendado y mi padre con una camisa que incluso en la fotografía en blanco y negro se aprecia vieja y desgastada. Sin embargo, sus sonrisas son genuinas y la felicidad en sus rostros es aplastante e innegable.

—Tu padre siempre fue un buen hombre—. Acaricia con una uña torcida el rostro en la fotografía—. No tenía visión de futuro y nos hubiéramos muerto de hambre de haber sido por él. Pero era un buen hombre. Creo que fui demasiado dura con él a veces.

Es una gran verdad y me sorprende que mi madre haya llegado ella sola a esa conclusión. No digo nada porque es la primera vez que la veo expresar sus sentimientos, quitarse la coraza que siempre ha llevado puesta, y quiero ver a dónde nos lleva esto.

—De joven me encantaban las flores.—Señala las macetas de la foto—. Las margaritas silvestres. Tu padre siempre las recogía para mí y las plantábamos juntos en las macetas de la puerta. Me encantaba la sensación de la tierra bajo las uñas, el olor a verde y a humedad. Cuando nos fuimos a vivir a la ciudad me olvidé de las flores.—Su voz es un susurro, casi un lamento, y sé que está diciéndome que dejó atrás algo más que las margaritas cuando se fue de esa casa.

—Nunca te olvides de las flores, Pedro. Y nunca permitas que tu mujer se olvide de ellas. Se pondría muy triste. Toma, llévale ésta.—Me entrega una maceta diminuta y azul en la que crece una única margarita amarilla. Es una flor simpática que me trae recuerdos del campo y de mi infancia.

Pienso en las peonías *rockii* de Elsa, tan exclusivas, con sus pétalos blancos que se curvan sobre sí mismos como capullos impenetrables y siento frío.

—Hace mucho tiempo que no veo a tu padre—dice mamá, y de nuevo veo esa mirada frágil, ese gesto de niña pequeña.

—Él está bien, mamá—digo—. Los dos estamos bien.

***

Finalmente acabo en *Le Cinq*, tal y como había planeado. Cena para uno en lugar de cena romántica para dos. Lo que sea antes de volver a esa casa fría, impregnada de la presencia de Elsa. Pido un menú sencillo en lugar de los platos con nombres rimbombantes que a Elsa le gusta pedir, todo bañado en aceite de foie o nitrógeno líquido, y contemplo la maceta de la margarita que he colocado frente a mí. Estoy triste, pero al mismo tiempo me siento aliviado, como si me hubiese quitado un enorme peso de encima.

El *maître* me trae la ensalada y se sorprende cuando me ve empezar a comer.

—¿No espera a que se siente la señorita?

—No espero a nadie esta noche, Denis.

—Acaba de llegar una señorita preguntando por usted.

Por un momento pienso que Elsa ha decidido venir de todas formas, como en esas películas en las que la protagonista se da cuenta de que ha metido la pata hasta el fondo y corre al encuentro de su amado que, por el bien de Hollywood y de los espectadores, tampoco puede vivir sin ella y todo culmina con un beso apasionado justo antes de los títulos de crédito. Me giro dispuesto a decirle a Elsa que lo que ha hecho no tiene perdón- además yo soy más de cine dramático- pero no es ella, sino Laura, la que está parada frente a mí mirándome casi con timidez. Está claro que ha venido corriendo porque le falta el aliento y está roja como un tomate. Lleva una pequeña maceta en las manos.

—La he encontrado—me anuncia triunfante—. Una peonía *rockii*, la única que he podido encontrar en toda la ciudad. Tengo un amigo que trabaja en el jardín botánico.

No contesto y Laura me pone delante la peonía blanca, que parece fuera de lugar y como ofendida por haber sido colocada en una maceta con dibujos de corazoncitos. Sigo su mirada y la veo analizando con el ceño fruncido la margarita amarilla de mi madre.

—¿Y eso?—me espeta.

—Es una margarita de campo. ¿No te gusta?

—¿Te has decidido por otra flor a última hora y no me has avisado para que dejara de correr de un lado a otro buscando peonías?—su ceño está tan fruncido que le da a su rostro un curioso aire de ardilla enfadada y estoy a punto de echarme a reír. Por algún extraño motivo me inspira mucha ternura.

—¿Dónde está tu mujer?

—Ya no es mi mujer.

Laura se queda callada y los dos paseamos la mirada alternativamente entre la peonía, blanca y airada, y la margarita, amarilla y humilde.

—¿Quieres sentarte?-le digo finalmente—. Estás sudando y pareces un caballo desbocado.

—No es muy amable decirme eso cuando acabo de recorrer toda la ciudad para conseguir una maldita flor que nadie va a recibir—me reprocha. Sin embargo, veo que está sonriendo y acaba por sentarse.

Denis se acerca corriendo y sonrío internamente cuando veo que Laura pide sin saberlo los mismos platos que yo. Hablamos de jardinería, de nuestras flores preferidas- la lavanda en el caso de Laura, que es también la flor favorita de las abejas- y cotilleamos un poco sobre nuestros compañeros de trabajo. Me entero de que Laura es la mayor de siete hermanos y la única chica y de que le encanta la música clásica pero también bandas míticas de rock, como Pink Floyd o Aerosmith y descubro que ella misma se teje los jerséis de lana que siempre lleva a la oficina. Yo le hablo de mi infancia, de mi padre y sus relojes, de mi madre y su voluntad de hierro y finalmente acabo contándole la traición de Elsa con Borja, el vecino imberbe de los abdominales de bronce. Veo simpatía en la mirada de Laura, pero no lástima, y me alegro de haberme desahogado con ella.

Después la acompaño su casa y nos despedimos amigablemente. Cuando la veo desaparecer en el interior arrebujada en su chaqueta de pollito, tengo una idea un poco absurda. Recojo en mi coche la maceta con la margarita y la dejo en el primer escalón frente a su puerta, con una nota donde le doy las gracias por todo. Después me voy a casa y cuando me acuesto entre las sábanas frías de mi cama vacía, no pienso en Elsa, ni en sus ojos helados, ni en sus manos frágiles como las patas de un pollo, sino en Laura con su sonrisa rotunda, su caminar torpe y su olor a lavanda.

Al día siguiente cuando llego a la oficina me cruzo con Mario que ya ha terminado su turno.

—Buenos días, señor Miralles. No le vi ayer por la noche. ¿Algún plan especial por San Valentín?

—Eso es, Mario—le sonrío—. Un plan muy especial.

Y cuando paso por delante de la mesa de Laura y veo la margarita cuidadosamente colocada en su maceta, entre la agenda y una taza de té a medio tomar, sé que es cierto, que no le he mentido a Mario.

Ha sido una noche muy especial.

AMOR INTERESTELAR

Jadine Tyne

Sabes que estás enamorado cuando no quieres acostarte porque la realidad es por fin mejor que tus sueños.
— **Dr. Seuss**

"Edward es maravilloso" —, me decía mi amiga María una y otra vez. Leí *Crepúsculo* de Stephenie Meyer en dos días. Era una lectura adictiva, muy bien escrita.

El fin de semana volví a ver a María y me dijo que quería a Edward en su vida. "A ver, María, Edward es un personaje de ficción muy bien descrito. Un vampiro de piel pálida y voz aterciopelada. Lleva más de 50 años siendo vampiro y no necesita dormir. Es normal que toque tan bien el piano. Y lo de la guapura... la autora resalta continuamente que es guapísimo." María quedó callada unos instantes. "Mira tía, me da igual. Estoy enamorada de Edward. Ya lo comprenderás cuando un día te enamores" —, sentenció.

Esa tarde, como muchos sábados, fui a El Corte Inglés comprar un libro de ficción. Me decanté por uno de una autora *indie*. Siempre prefiero comprar un libro autopublicado por el esfuerzo que muestran este tipo de autores.

Por la noche salí con María y el resto de las chicas pero llegué pronto a casa porque la conversación se había vuelto aburrida: el dichoso Edward era el tema central del que hablaban las chicas. Cené tortilla de patata que había cocinado mi madre y empecé a leer el libro nuevo.

***

El protagonista era Jack, un chico de 18 años, pelo rubio, ojos azules, labios finos y piel blanca. Vestía un pantalón corto azul y camiseta de manga corta a juego; calcetines largos azul oscuro, como si fueran medias de fútbol; y deportivas negras. Su atuendo parecía un poco raro al principio pero luego supe que venía de Zathori, un mundo paralelo al nuestro.

Jack estudiaba para convertirse en entrenador personal. Ayudaría a sus clientes a llevar una vida sana y además a entrenar sus poderes. En Zathori la magia había estado muy presente en el día a día de sus habitantes, especialmente en tiempos de guerra pero con Leopoldo, su anterior rey, llegó la paz y la magia no resultaba imprescindible.

Jack estaba interesado en una chica. Fue emocionante ver su primer beso.

EXTERIOR – CASA DE NORA – NOCHE

JACK está sentado en la hierba con su espalda apoyada en el tronco de un árbol. JACK mira al castillo blanco.

La noche está estrellada y brilla luna llena.

JACK se levanta y mira hacia la casa. Por la puerta aparece ISABEL, que sonríe. Es una chica de 18 años, pelo moreno, ojos oscuros y piel blanca.

                    ISABEL
          ¿Qué haces aquí fuera? La
          fiesta está dentro.

                    JACK
          Sí, ya te vi con Nerius.

ISABEL camina hacia JACK.

                    ISABEL
          Sí, Nerius es un tipo
          interesante. No suelo ver
          gente de su raza.

                    JACK
          ¿Gente que vista de negro?

                   ISABEL
          Gente que lleve tanto tiempo
          sin enamorarse.

                    JACK
          Sí, eso es interesante. Y
          mira que ha tenido novias.

JACK e ISABEL ríen al unísono.

                   ISABEL
          Igual un día se enamora.
          Pero primero se empiezan con
          besos y luego… ya se verá.

ISABEL clava la mirada en el suelo. JACK hace
lo mismo. JACK mira la mano de ISABEL y sube
la mirada hacia su cara. ISABEL le está
mirando.

JACK tira de la mano a ISABEL atrayéndola
hacia él, la agarra por la cintura y se besan.
Primero unos besos cortos, después otros con
más intensidad y finalmente abren sus bocas y
se dan un beso largo.

¡Qué bonito…!

                    ***

Volvió a ser lunes otra vez y yo pensaba en la historia del libro. Cada noche, después de cenar, leía un poco antes de dormir. Durante cuatro noches leí las tramas principales y secundarias. Me encantaba ver que Jack era un chico que se esforzaba en conseguir sus objetivos, cómo ayudaba en las tareas del hogar… Lo que le perdía era que pensaba mucho las cosas y Nadoc, su mentor, hacía meditación con él y le proponía ejercicios para que se relajara y pensara bien las situaciones.

La relación de Jack con Isabel iba poco a poco desarrollándose. Ella era una chica que no se hacía ilusiones de futuro con Jack. Curioso, ¿no pecamos muchas chicas de eso?

Y de pronto, sucedió algo que me dejó mal: Jack estaba triste. Algo había pasado y me iba a enterar pero ya era viernes y mis amigas estaban quedando en el grupo de WhatsApp. Yo no me podía ir, tenía que saber lo que había ocurrido, por qué Jack estaba desolado, decepcionado,…

Y me quedé con Jack. Ahora más que nunca me necesitaba.

***

Jack había ido a casa de Isabel para merendar con ella. Cuando llegó se encontró con una escena que no se esperaba: Isabel se estaba besando con un chico. Y no era él. Cuando terminaron, Isabel se dio cuenta de su presencia. "Hola Jack" —, le saludó sonriendo. Repito: sonriendo.

EXTERIOR – CASA DE ISABEL – DÍA

JACK e ISABEL están sentados en los escalones previos a la entrada de la casa. El BIZCOCHO que traía Jack se halla en la mesa de cristal detrás de ellos.

> ISABEL
> Por fin sé quién soy. ¿No te alegras?

JACK mira al suelo. Se tapa la cara con las manos.

> ISABEL (cont'd)
> Me animaste a que descubriera quién soy.

JACK se quita las manos de la cara, levanta la vista hacia ISABEL y la mira serio.

> JACK
> Eso es. Que averiguaras quién eres no que te besaras con otro.

                    ISABEL
          Pues gracias a ese beso sé
          quién soy.

                    JACK
          Claro, como en el libro "Mi
          Sex Coach" de Enrique Gómez
          Medina: Descubre quién eres
          y qué quieres a través del
          sexo. ¡Menuda excusa!

                    ISABEL
          Solo me he dado un beso. No
          ha sido nada más.

                    JACK
          Ya…

JACK vuelve a clavar la vista al suelo.

                    JACK (cont'd)
          ¿Y por qué no me lo has
          contado? ¿Por qué no me lo
          has dicho?

                    ISABEL
          ¿Te hubiera gustado?

JACK levanta la vista hacia ISABEL.

                    JACK
          No, claro que no…

JACK se levanta y mira al cielo. ISABEL se
levanta. JACK la mira fijamente.

                    JACK (cont'd)
          ¿Quién eres?

```
              ISABEL
            (sonriendo)
    Soy como Nerius, Jack.
```

***

Esa revelación fue un punto de giro en la vida de ambos.

Isabel descubrió que su padre era de una raza específica y que por eso no sentía la necesidad de emparejamiento. Empezó a vestirse de negro y a vestir con otras personas que eran como ella.

El fin de semana siguiente tampoco salí con mis amigas y me quedé con Jack. ¿Cómo era posible que un chico tan bueno, trabajador y guapo no fuera el candidato ideal para cualquier chica?

El domingo vino María a casa. Yo estaba pensando en Jack, en cómo me gustaría que nos conociéramos. Ahora que estaba libre tenía una oportunidad. "Estás enamorada. A mí me ocurrió con Edward" —, me dijo tranquilamente María. Yo la miré y sonreí: "Esto es diferente". María me abrazó. "A mí lo de Edward se me ha pasado pero tú realmente estás enamorada. ¿Qué vas a hacer?"

Yo lo tenía claro: "Ir a Zathori".

LA MUJER TORTUGA

Lara Beli

Soy lo que has hecho de mí. Toma mis elogios, toma mi culpa, toma todo el éxito, toma el fracaso, en resumen, tómame.

— **Charles Dickens**

A la mujer tortuga le gustaba contemplar el río. Bajo la superficie, cuajada de espuma grasienta y bolsas de plástico, se erigía una ciudad surrealista: enormes edificios ondulantes coronados por tejados en zigzag y palomas plomizas que alzaban repentinamente en vuelo, como veloces proyectiles blancos sobre el fondo oscuro y lleno de lodo. Desde el puente podía observar los reflejos multicolores de los coches que se abrían camino a bocinazos, el brillo metálico de las persianas de los comercios al bajarse a última hora de la tarde; sólo unos minutos antes de que las primeras luces de las farolas comenzasen a llenar el agua de resplandores tenues y nebulosos. Pero sobre todo, a la mujer tortuga le gustaba contemplar a los habitantes de la ciudad sumergida: hombres y mujeres presurosos y con la vista fija en algún punto muy lejano, difuminados en el fondo denso y oscurísimo del río. Algunas veces, no muchas, la mujer tortuga había tratado de descubrirse a sí misma en las calles de la ciudad sumergida, había intentado distinguir su rostro entre las decenas de semblantes pálidos que flotaban como globos arrastrados por la corriente; pero jamás había conseguido encontrarlo. Y había acabado reconociendo, resignada, que ella no formaba parte de la población de aquella ciudad.

Aún así, la mujer tortuga era capaz de pasarse horas y horas con el cuerpo inclinado sobre la barandilla metálica del puente, que quemaba en verano como un hierro al rojo vivo y en invierno hacía que las manos se llenasen de sabañones. Cuando no estaba contemplando el río, la mujer tortuga caminaba por la ciudad – la ciudad árida y sólida, la de la superficie-con la vista desenfocada y los pies vacilantes, siempre pegada a las paredes que dejaban manchas perseverantes de yeso y polvo en sus ropas raídas.

Como buena mujer tortuga, ella llevaba su casa consigo; a veces a cuestas, en confusos revoltillos de bolsas de plástico, otras veces en un carrito de la compra tan acuchillado que recorría las aceras sangrando trozos de pan reseco, vasos de plástico vacíos y retales de dudosa procedencia. Una vez se encontró con un ajado cochecito de bebé, con las ruedas torcidas y un estampado raído de ositos rojos y azules y la mujer tortuga recorría las calles empujando su caparazón ante sí, amorosamente, canturreando nanas para los cartones, los plásticos y los retales.

Conocí a la mujer tortuga en una época realmente mala de mi vida. Estaba a punto de cumplir treinta años y el mundo se había convertido de repente en un lugar incómodo, como un tendón que alguien tensase hasta cuotas insoportables de dolor. No había conseguido terminar mis estudios y los trabajos basura se agolpaban en mi currículum con vacíos desoladores entre uno y otro. Mi novia había roto conmigo y yo había acabado por lanzarme a la calle con mi vieja harmónica. No me dolió tanto dejar mi piso de alquiler como tener que vender mi vieja Fender, la guitarra que me había acompañado durante la mayor parte de mi vida.

Cantaba en una esquina tratando de reunir unas pocas monedas cuando la mujer tortuga tropezó conmigo. El carrito se volcó esparciendo por la acera su colección de objetos variopintos y yo fui a dar también de cabeza al suelo.

—Hay que ver con la abuela cegata—le dije rencoroso.

Ella no me devolvió el insulto. Comenzó a recoger sus pertenencias en silencio, el cuerpo un poco encogido, como rehuyéndome. Le devolví un par de trapos y en el último momento y cuando la miré con más atención me di cuenta de que no era vieja, como me había parecido en un principio; sino más joven que yo, con enormes ojos azules algo legañosos y una larga melena rubia, casi blanquecina, que a simple vista parecía mullida y suave, como la lana de un cordero recién nacido. Tuve la extraña tentación de acariciarla.

A partir de entonces, la mujer tortuga se convirtió en una constante en los días tediosos y vacíos que comenzaron a sucederse en una procesión oscura, conduciéndome de modo inevitable a una vida que hasta entonces me había resultado ajena y lejana; una vida de portales silenciosos, lechos improvisados bajo un alero en el banco de algún parque, cafés calientes en vasos de plástico y, finalmente, un viejo carrito de supermercado para transportar mis pertenencias cada vez más variopintas; todo un microcosmos de plásticos, trapos y botellas que comenzó a suplir dentro de mi espectro de necesidades al sofá mullido, el teléfono móvil y la suscripción a Netflix.

Recuerdo aquellos días envueltos en una especie de

nebulosa lenta, de vacío soporífero en el que destacan algunas imágenes aceradas: el recelo y el asco en los ojos de los viandantes, la incomodidad del suelo, la aspereza de las manos. La mujer tortuga me acompañó durante el largo viaje hacia la invisibilidad, hacia ese limbo de esquinas sucias, albergues de sólo una noche y cartones húmedos donde van a parar los que ya no tienen ninguna función en la sociedad.

No fue fácil. El primer verano fue tórrido y pegajoso, con una humedad pringosa que flotaba permanentemente en el ambiente, como si todos formásemos parte de un caldo muy graso. La mujer tortuga y yo sudábamos por las calles, como dos caracoles que avanzan lentamente dejando tras de sí un reguero denso. Dormíamos sobre el césped de los parques intentando evitar las cacas de perro y contábamos las estrellas hasta que el rocío de la mañana llegaba a refrescarnos, como un premio inesperado. Durante el día, nos remojábamos los pies en la orilla del río, entre los juncos, evitando las miradas curiosas de los niños que echaban migas de pan a los patos.

El invierno fue todavía peor. Intentábamos colarnos en algún portal y cuando no era posible, nos acurrucábamos bajo los soportales de la plaza, muy juntos bajo el mismo cartón, con las piernas entrelazadas y su cabeza apoyada en mi hombro, mi mano acariciando sus largos cabellos blancos que eran como lino recién hilado. Un día mi mano decidió tomar vida propia y bajar un poco más desde su hombro, trazando espirales a lo largo de su costado, su cintura, sus muslos y luego entre sus piernas, ese punto que ardía tanto que de pronto sentimos que las gélidas temperaturas estaban sólo en nuestras imaginaciones. La mujer tortuga se sentó a horcajadas cobre mí y comenzó a moverse rítmicamente, su boca formando una O perfecta, su larga melena blanca agitada por el viento y mis manos acariciando sus pechos que eran pequeños y redondos, como dos pasteles de nata coronadas por guindillas rosadas.

—Te quiero-—me dijo después. Pero yo no respondí porque si empezaba a querer a la mujer tortuga, ¿qué me quedaba? Adentrarme todavía más por ese túnel oscuro que había sido mi vida en los últimos tiempos, la vida de los invisibles. No, yo no podía querer a la mujer tortuga, ¿verdad?

Meses después, cuando la primavera empezaba a borrar el gris de las calles, la mujer tortuga apareció con una guitarra. No tenía nada que ver con mi querida Fender: era vieja y le faltaban varias cuerdas y jamás supe donde la había conseguido. Pero fue como si de repente el nudo invisible que me atenazaba se hubiese aflojado un poquito, lo suficiente como para salir del letargo que me consumía y comenzar a tocar por las calles, desgranando esos acordes que de algún modo que nunca supe explicar viajaban de mi cabeza a mis manos de forma prodigiosa.

Al principio conseguía cada día unas pocas monedas. Después, el montón fue creciendo más y más, coronado también por algunos billetes. Empezaron a formarse pequeñas multitudes para verme tocar, y un día Ingrid me descubrió. Ingrid era representante de artistas y yo su Oliver Twist particular, como a ella le gustaba decir. Lanzamos mi primer sencillo, *Streets,* con un videoclip muy logrado en el que las calles vacías de la ciudad y dos modelos vestidas como vagabundas eran las absolutas protagonistas. Varios periódicos y cadenas de televisión se interesaron por mi historia y pronto gané lo suficiente para mudarme a mi propio estudio. Después compré un piso más grande y más céntrico. Luego otro más. Ingrid y yo nos hicimos amantes y ella, que entendía mucho de marketing, paseó nuestra historia por varios platós y revistas de corazón.

En algún momento durante todo este proceso, la mujer tortuga volvió a desaparecer de mi vida, como si solo hubiese sido un sueño. A veces, cuando Ingrid y yo hacíamos el amor, me parecía que sus ojos marrones se volvían azules y más inocentes y que su pelo corto y rizado caía lacio y blanco sobre sus hombros como oro hilado. Lo cual era una tontería porque yo no amaba a la mujer tortuga, ¿verdad?

Un día me la encontré en el periódico. "Mujer sin techo se suicida lanzándose al río". La imagen que acompañaba al texto era borrosa, pero no tuve ninguna duda de que era ella. Lo sentí en los huesos como un calambre frío, como uno de esos espasmos que ella y yo solíamos sentir en las noches más heladas de aquel invierno, cuando teníamos que correr a refugiarnos en algún portal para recuperar la movilidad de las extremidades.

Cancelé todos mis conciertos y me encerré de nuevo en mi mismo. No sé por qué lo hice, ya que yo no amaba a la mujer tortuga, ¿verdad? Pero de nuevo volvía a sentir esa sensación de sopor, esa pesadez en los huesos, esa desidia. Un día me descubrí a mi mismo encaramado a la barandilla, contemplando el río como ella solía hacerlo. Y entonces descubrí que tenía razón, que la ciudad de allí abajo parecía más viva y más vibrante que la ciudad verdadera, como si de algún modo los reflejos de las personas que se movían entre el fango fuesen más agradables que las personas de carne y hueso, las casas ondulantes más acogedoras, las calles mojadas menos áridas y más transitables. Me vi a mí mismo reflejado, con mi cara de alucinado y mi cabeza coronada por una bolsa vacía que alguien había arrojado al agua, y entonces la vi a ella también, en el fondo junto a mí, su pelo blanco flotando tras ella y su sonrisa más grande que nunca.

Salté. Sí, salté a su encuentro. Mientras caía y sentía el viento en mi cara y los gritos de los viandantes que me habían visto me pregunté a mí mismo por qué lo había hecho. No fui capaz de encontrar una respuesta. No, no la había. Porque al fin y al cabo, yo no amaba a la mujer tortuga, ¿verdad?

¿Verdad?

LA SEXTA ETAPA

Jadine Tyne

El amor se compone de una sola alma que habita en dos cuerpos.

— **Aristóteles**

Soy una Penélope moderna. No hago más que tejer ropa, complementos y accesorios para mi hija y para su hogar. Y también para mi marido.

Aprendí ganchillo hace unos años. Antes de eso fui a una escuela de cocina, otra de pintura, música,...

***

Todo esto empezó cuando me jubilé. Mi marido ya llevaba 6 años jubilado y cocinando para mí. Nuestra hija continuaba soltera y sin compromiso y se tomaba su futura maternidad con tranquilidad, "Y si no, adopto. Tranquila, mamá". Trabajaba como maestra en una escuela infantil y se dedicaba de lleno en la educación de los niños y bebés. En ese momento decidí volver a estudiar pero serían cosas prácticas y artísticas.

Por las mañanas me levantaba canturreando. Mi marido me sonreía. Yo era feliz. Por fin tendría tiempo libre para hacer lo que quisiera. No debía permanecer calentando la silla de una oficina, coger el teléfono, servir cafés, comprar regalos para la mujer de mi jefe ni para sus hijos ni para su amante. Tenía tiempo para disfrutar y para aburrirme. Como yo quisiera y cuando yo quisiera.

El curso de cocina fue un soplo de aire fresco. Lo que aprendía lo ponía en práctica en casa. Mi marido me lo agradecía y comía gustosamente mis platos.

Tras terminar el curso, me regaló un libro de cocina con el que me entretuve una temporada.

Cuando salíamos a cenar fuera de casa yo comentaba sobre los tiempos de cocción de las pastas, los sofritos, las especias y los sabores sutiles.

Estábamos enamorados de nuevo. Parecíamos dos chiquillos: comiendo, bebiendo, besando, amando,...

***

La siguiente actividad que probé fue la pintura. Este *hobby* no duró mucho. Apreciaba a los románticos, a los realistas, a los renacentistas y a artistas más actuales como Hopper y Alice del Río; pero no tengo talento y eso lo pude comprobar. Al menos lo intenté y con eso quedé contenta.

Algo parecido me ocurrió con la música. Fui a una escuela donde me empezaron a enseñar solfeo y me aburría. En otra escuela llevé una flauta dulce y fue un desastre la experiencia. Una vez más, le di una oportunidad a la música. Pero fue la última. Sinceramente, prefiero ir a conciertos y disfrutar de la interpretación magistral de los músicos.

***

Etel, mi hija, me sugirió que aprendiera ganchillo. Me enseñó cómo utilizar YouTube y me apuntó al Curso de Ganchillo para Principiantes de The Bluu Room.

Empecé con ganas y me lo tomé con tiempo, sin prisa. El ganchillo me salvó del desmoronamiento tras el accidente de moto que sufrió mi marido. No, no iba en moto. Él iba andando, por la acera. Mi marido esquivó a un hombre que iba en bicicleta por la acera y no le dio tiempo a reaccionar cuando sintió un golpe: una moto le había golpeado por detrás. El motorista cayó al suelo. Mi marido también cayó. Es lo que tiene ser peatón en Madrid.

Ahora vivo con mi hija Etel en su casa y con una asistenta que limpia y hace la comida. Y no paro de tejer. Mi hija me dice que me he obsesionado pero yo sé que mi marido regresará y nos iremos juntos de viaje a un lugar paradisíaco.

Estoy terminando una manta con lana gruesa y aguja de 10 milímetros especial para hacer ganchillo. Punto bajo, punto cadena, me salto un punto bajo y hago un punto bajo en la cadeneta la aire. Así estoy haciendo filas hasta que acabe la manta.

Estoy cansada.

***

"Mamá…"—, me despierta Etel. Abro los ojos y no puedo evitar sonreír. A su lado está mi marido. "¿Lo ves? Te dije que volvería". Etel abre mucho los ojos. "Está a tu lado. Gracias por despertarme, hija".

**

Mi madre volvió a cerrar los ojos y no los volvió a abrir. Se fue. Con mi padre. Aunque yo no lo vi.

Al igual que con mi padre, tampoco organicé un funeral por ella. Ninguno de los dos iba a misa.

Vacié su habitación y separé todo lo relacionado con sus *hobbies*. Organicé un mercadillo en la empresa y lo vendí todo: libros de recetas, pinceles, lanas, agujas, marcadores y muchas labores de ganchillo.

Me he quedado tan solo con su cuaderno de recetas propias y con la última manta que hizo a ganchillo. La acabó y luego descansó feliz.

Resulta curioso el proceso del duelo. Mi madre pasó por todas las etapas y, de repente, retomó la fase de la negación. O tal vez creó un nuevo paso: el de la ilusión, tan enamorada que estaba de mi padre, hasta el último momento.

LA LOCA Y LA LLUVIA

Lara Beli

Hay amores tan bellos que justifican todas las locuras que hacen cometer.
— **Plutarco**

-¿Cómo puede gustarte tanto la lluvia?

La misma pregunta cada vez que me veías entrar en casa, triunfante y calado hasta los huesos tras un chubasco airado- mis favoritos-, o jaspeado de gotitas minúsculas después de una llovizna liviana. Con la lluvia tú corrías a esconderte bajo techo, veloz como una trucha, el cuello brillante de gotas de sudor y agua, la boca abierta, jadeante. *Vamos*, exclamabas. *Qué llueve*, añadías; siempre te ha gustado aclarar obviedades. Y olvidabas alegremente lo mucho que me gusta a mí Madrid, sólo cuando llueve; porque es sólo en esos momentos cuando perdemos de vista a la ciudad relamida y exigente y descubrimos la ciudad oscura. Madrid se desmaquilla como el payaso de un circo antiguo y es entonces cuando aparecen las grietas y las manchas, el barro y los olores pestilentes. El sudor del metro con olor a lluvia no es solamente sudor y el humo de los tubos de escape, cuando está húmedo, es mucho más que humo, no sé si me entiendes. La ciudad es uno de esos payasos que esconden un rictus de amargura bajo los polvos blancos y el carmín; y todos los payasos, hasta los más bondadosos, dan miedo por la noche. Eso es algo que sabes tan bien como yo.

Ayer llovió de nuevo y tiraste de mí para que nos refugiáramos en la boca de metro más cercana, entre los músicos callejeros que improvisaban un concierto bajo las nubes de vapor condensado. Un clon de Bob Marley, extraño y reluciente entre los azulejos mojados, intentaba convencernos de la necesidad de *believe (just in me)*, al tiempo que un individuo renegrido y flaco, pelo en pecho, destrozaba una guitarra repitiendo un estribillo plagado de *ayes* y de *corazones*. Y a su lado, una mujer pelirroja y pálida, chorreante, aullándole con desafinada convicción a las luces del techo

Una loca más, dijiste tú, y arrugaste tanto la nariz que se hicieron visibles las estrías del maquillaje oscuro sobre tu piel pálida. No podías verte, pulida y perfecta bajo los halógenos parpadeantes, tu rostro- un óvalo sin arrugas ni manchas, sin puntos negros o rojos- tensándose impaciente y tozudo, con la avasalladora seguridad en sí mismo de un maniquí que brilla ante el mundo en el más caro de los escaparates.

Pero, a tu lado, la mujer pelirroja tenía los párpados hinchados, los dientes demasiado afilados y los dedos de los pies negros de roña y barro saludando entre las tiras de unas sandalias de apóstol; y se encogió de hombros cuando te escuchó llamarla loca, como dándote la razón, o al menos dándote permiso para burlarte de sus manos cuajadas de anillos de bisutería y plástico, de su chándal barato, de sus alaridos agudos y su nariz demasiado larga, cubierta de espinillas. Cuando dejó de gritar tú suspiraste aliviada. Ella me sonrió. Estaba loca, sin duda. Era perfecta.

-Cómo puede gustarte tanto la lluvia- repetiste entonces.

No era una pregunta. No viniendo de ti, de tu entrecejo arrugado, de tus labios fruncidos, de tu gesto asqueado. Y yo, que ya había perdido la cuenta de todas las veces que me refugié contigo en una boca de metro, huyendo a mi pesar de la lluvia y de tu agria condescendencia, descubrí que no me importaba que nos metieras en el mismo saco, a aquella loca y a mí, que nos dedicaras a ambos la misma mirada acerada, el mismo desprecio

Y como nunca me ha gustado llevarte la contraria, eso lo sabes, decidí no hacerlo tampoco esta vez. Por eso escogí no responderte cuando me llamaste a gritos, preferí no mirar atrás para no ver tu boca abierta y redonda, tu mirada estupefacta, cuando la loca del metro y yo salimos de la mano hacia el cielo rugiente, hacia las calles acuáticas.

Y en ese momento, puedes creerme, fui el tipo más mojado, más resbaladizo, más satisfecho del mundo.

¿VIENES?

Jadine Tyne

INTERIOR - VAGÓN DE METRO - NOCHE

El vagón está iluminado artificialmente, hay muchos asientos libres y casi todos los pasajeros están sentados. El tren frena. Una JOVEN de unos 25 años entra en el vagón, con una mochila entre sus manos, y lo recorre hasta llegar al fondo en el que están dos chicos de pie, ella se sienta en el suelo entre ellos que la miran. La JOVEN les mira, les sonríe, abre la mochila y saca un libro de lectura.

El tren para. Los dos chicos que estaban de pie salen. Un HOMBRE oriental de unos 30 años, con un periódico bajo el brazo, entra en el vagón y ocupa un asiento cercano a la JOVEN. Ésta alza la vista y le mira. El tren empieza a moverse y la JOVEN vuelve a su lectura. El HOMBRE coge el periódico y comienza a leer la contraportada. Al poco aparta la vista del periódico y se centra en la JOVEN, que continúa a lo suyo.

El tren se para otra vez. Nuevos pasajeros salen y entran, la mirada del HOMBRE sigue igual, la JOVEN alza la vista a él, los ojos de él fijos en ella, expectantes, ella le sonríe y él le devuelve la sonrisa. El tren se mueve otra vez. El HOMBRE coge el periódico y la JOVEN su libro, los dos leen. Al poco el HOMBRE deja la lectura y ve que la JOVEN le está mirando.

El tren frena de nuevo, el HOMBRE se levanta, mira a la JOVEN, que está de pie, y sale.

INTERIOR - ANDÉN - NOCHE

El andén está muy iluminado. El HOMBRE sale del vagón y camina hacia la izquierda, un paso, dos, tres, y mira hacia atrás. Allí está la JOVEN que le sigue. Cuatro. Cinco. Seis. La JOVEN le adelanta por la derecha. Siete. Ocho. Ella se da la vuelta y le sonríe.

INTERIOR - ESCALERAS - NOCHE

Hay poca luz. La JOVEN está subiendo, el HOMBRE está detrás de ella.

INTERIOR - PASILLO 2 - NOCHE

El pasillo está iluminado y hay varios transeúntes. La JOVEN está atándose los cordones del zapato. Unos zapatos pasan por delante de ella, ésta levanta la vista y ve al HOMBRE que la mira con una amplia sonrisa.

EXTERIOR - CALLE - DÍA

Pocas farolas alumbran la calle. Por la acera, cerca de la pared camina deprisa la JOVEN. A su misma altura está el HOMBRE, que la pasa por detrás y camina rozando su mano con la de ella, la JOVEN se separa de él. Caminan juntos sin decirse palabra, cruzan una calle y él se detiene en un portal. El HOMBRE abre la puerta y busca a la JOVEN con la mirada, pero no la ve. De repente una mano se posa en su hombro, él se da la vuelta y ve que es la JOVEN. Sonríen ambos. Él se echa a un lado, ella entra en el portal y él la sigue.

Sobre las autoras

Lara Beli empezó arrancando páginas cuando todavía no alcanzaba los estantes de la librería sin la ayuda de un taburete y ha seguido toqueteando libros desde entonces, aunque ha aprendido a ser más cuidadosa. Vive en Madrid con un marido paciente y dos niñas impacientes y ha pasado de garabatear en libros ajenos a juntar palabras de su propia cosecha.

Jadine Tyne siempre se ha sentido cómoda entre libros y un cuaderno en blanco y un bolígrafo o un lápiz eran la invitación a sumergirse en una realidad alternativa. En 2017 decidió tomarse en serio como escritora y publicar su obra. Vive en Madrid con su marido y su hijo, con los que comparte su pasión por las historias audiovisuales.

Puedes contactar con las autoras en:

www.LaraBeli.com

www.JadineTyne.com

Otras obras de las autoras:

TITULO: **LA TERQUEDAD DE LAS ESTRELLAS**

AUTORA: **LARA BELI**

PRÓXIMAMENTE EN AMAZON

Anne Tinsley es una chica muy normal. Trabaja de barista en un casino de Las Vegas, colecciona frases de películas y lleva años sin mirar las estrellas, desde que se dio cuenta de que no marcaban la ruta que seguiría su príncipe azul hasta encontrarla. Ñoño, ¿verdad? Sí, ella también lo cree. Por eso ahora se pasa la vida mirando al suelo y para encontrar algo de brillo y alegría sobre el asfalto se ha aficionado a los zapatos de colores estridentes.

Luke Miller siempre está mirando las estrellas. No es que sea un romántico empedernido, es que es astrónomo. Le gusta la monotonía y huye de los dramas como de la peste. Por eso cuando recibe una mala noticia sobre su hermanastro- al que odia con todas sus fuerzas- y ve como su vida tranquila empieza a tambalearse, cree que no podría sucederle nada peor.

Una boda precipitada en Las Vegas. (Las Vegas no sería Las Vegas sin bodas locas), una desaparición y un misterio de lo más enrevesado pondrán la guinda a una historia llena de lágrimas, risas....y de estrellas. Porque a veces son tozudas y si se acercan demasiado pueden chocar. Y fusionarse. ¿Y qué sucedería tras el impacto de dos estrellas- o dos humanos- tercos y obstinados?

Si quieres leer gratis los primeros capítulos de **La terquedad de las estrellas**, escribe a

larabeliautora@gmail.com

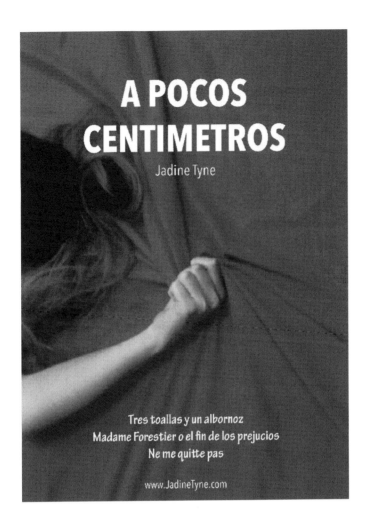

TITULO: **A POCOS CENTÍMETROS**

AUTORA: **JADINE TYNE**

DISPONIBLE EN AMAZON

URL: https://www.amazon.es/dp/B06XKCLMXW/

Tres historias que tienen un tema en común: la fidelidad en la pareja. Tres matrimonios con un concepto diferente de fidelidad (o infidelidad).

Tres toallas y un albornoz. Un hombre hace un regalo muy especial a su mujer por su cumpleaños. Al fin y al cabo, no todos los días se cumplen 30 años.

Madame Forestier o El fin de los prejucios. Pandora tiene un empleo especial hasta que su marido deje de estar en el paro. Su hijo lo descubre y no lo aprueba. Su marido no lo sabe todavía. ¿Cuál será su reacción?

Ne me quitte pas. Paula lleva una vida aburrida, sosa y que no parece gustarle. No ve mucho a su marido, que, sin ella saberlo, le está siendo infiel. Todo cambia cuando aparece Dominique, un antiguo novio suyo y que hará que Paula se replantee su situación matrimonial.

www.JadineTyne.com

TITULO: **ZATHORI'S SPELL**

AUTORA: **JADINE TYNE**

DISPONIBLE EN AMAZON

URL: https://www.amazon.es/dp/8469770853/

Una mujer de 30 años está casada y embarazada. Averigua que tiene un don y no le gusta. Quiere una vida normal, no como la que tenía cuando era adolescente. Sin embargo, aprenderá que todo ocurre por una razón.

La obra contiene:

• **El guion del capítulo piloto de una serie de televisión.** *Magic's Back* es el título del primer capítulo de *Zathori's Spell*, una serie de televisión.
• **La minibiblia.** Esta parte del libro cuenta en qué consiste la serie: los capítulos, los personajes, los lugares,...

www.JadineTyne.com

TITULO: **SIETE RELATOS OSCUROS**

AUTORAS: **LARA BELI y JADINE TYNE**

DISPONIBLE EN AMAZON

URL: https://www.amazon.es/dp/B076Z1JCX1/

Un lugar aparentemente idílico habitado por niños hambrientos... demasiado hambrientos. Un hombre convencido de que el destino tiene grandes cosas preparadas para él. Muñecas de trapo que rigen las acciones de los habitantes de una pequeña aldea. Una adolescente que aprende que el zumbido de las abejas puede ser más que molesto. Un alumno que lleva la venganza contra su profesora a las últimas consecuencias. Una persona que se encuentra cara a cara con la muerte mientras viaja en metro. Una casa en la que si entras no está claro que puedas volver a salir.

"Siete relatos oscuros" son historias que conectan al lector a los demonios más ocultos de sus protagonistas, trasladándolo a lugares donde las puertas se cierran y quizás no puedan volver a abrirse. Siete relatos con finales sorprendentes y oscuridad... mucha oscuridad.

www.LaraBeli.com
www.JadineTyne.com

Printed in Great Britain
by Amazon